KB195623

모나리자의
발가락

햇살 어린이 104 **모나리자의 발가락**

글 최진우 | 그림 김현경
펴낸날 2024년 12월 19일 초판1쇄
펴낸이 김남호 | 펴낸곳 현북스
출판등록일 2010년 11월 11일 | 제313-2010-333호
주소 07207 서울시 영등포구 양평로 157, 투웨니퍼스트밸리 801호
전화 02) 3141-7277 | 팩스 02) 3141-7278
홈페이지 http://www.hyunbooks.co.kr | 인스타그램 hyunbooks
ISBN 979-11-5741-427-7 74810 ISBN 978-89-97175-27-7(세트)

편집 전은남 | 디자인 디.마인 | 마케팅 송유근 함지숙

최진우 창작 동화

모나리자의 발가락

그림 **김현경**

현북스

차례

모나리자 한국에 오다

"아비앙토!"

"조만간 다시 보자!"

"잘 갔다 와!"

루브르박물관의 직원들이 모두 밖으로 나와 검은 트럭을 향해 손을 흔들며 인사를 했어요. 연도에도 많은 파리 시민들이 나와 손을 흔들었어요. 트럭은 경찰 오토바이의 호위 속에 곧장 샤를 드골 공항으로 갔어요. 트럭에는 커다란 상자가 실려 있었어요.

비행기가 추락해도 부서지지 않게 특수하게 만들어진 상자였어요. 특수 상자를 실은 특별기는 11시간 동안 비행한 끝에 5월 17일 한국 인천국제공항에 내려앉았어요.

활주로에 멈춰 선 특별기 옆으로 경찰 특공대 트럭 2대와 방탄 무진동 트럭이 다가왔고, 특수 상자는 신속하게 무진동 트럭으로 옮겨 실렸어요.

경찰 특공대에 둘러싸여 인천국제공항을 빠져나온 무진동 트럭은 인천국제공항 고속도로를 달려 서울 용산에 있는 국립중앙박물관을 향해 갔어요. 방송국 중계차들이 트럭을 뒤따라가며 중계했고, 트럭 위 하늘에서 경찰 헬리콥터가 날고 있었어요.

국립중앙박물관 앞 도로는 사람들로 인산인해를 이루었어요. 방송국과 신문사 차량도 많이 와 있었어요. 방송국 차량은 뜨거운 현장 열기를 중계방송했고, 아나운서들은 〈모나리자〉가 왜 한국에 오는지 설명해 주었어요.

"5월 18일이 무슨 날인지 아세요?"

"아다마다요. 5·18민주화운동 기념일이죠."

"맞습니다. 그럼, 세계적으로는 무슨 날인지 아세요?"

"예? 그건 잘 모르겠습니다."

"바로 '세계 박물관의 날'입니다. 1977년에 만들어졌고요. 이번 주제는 '위로하는 박물관'입니다."

"그게 〈모나리자〉가 한국에 오는 것과 무슨 관계가 있는 거죠?"

"요즘 우리나라가 문화 강국으로 떠오르고 있는 것 잘 아시죠?"

"예. 세계인들이 한국의 영화, 노래, 춤, 드라마 등 여러 분야에 열광하고 있습니다."

"우리 문화가 세계적으로 알려지는 분위기를 타고 프랑스 루브르박물관에서 특별히 우리나라 국민들을 '위로'하는 차원에서 〈모나리자〉를 한국에서 전시하기로 결정했답니다."

"〈모나리자〉를 보는 건 좋은데, 위로라니요?"

"한국이 프랑스에서 너무 멀리 떨어져 있어서, 〈모나리자〉를 보고 싶어도 못 보는 사람이 아주 많아요. 그런 사람들을 위로하기 위해서죠. 이번 '세계 박물관의 날' 주제에도 들어맞고요."

"그런데 왜 특별 전시라는 거죠?"

"〈모나리자〉는 1871년에 루브르박물관에 걸린 이래 지금까지 딱 세 번만 해외 전시를 했기 때문이에요. 1962년 미국에서, 그리고 1974년 일본과 소련에서요. 그러니 이번 우리나라 전시가 특별 전시인 거죠."

"정말 그렇네요."

기자들은 앞다투어 시민들을 상대로 취재를 했어요. 사람들은 흥분된 목소리로 취재에 응했어요. 유튜버들도 수백 명이 나와 소형 카메라에 얼굴을 들이밀고 속사포처럼 떠들어 대며 개인 방송을 했어요. 경찰 수천 명이 삼중으로 박물관 주위를 둘러싸고 사람들이 박물관 안으로 들어가지 못하도록 철저히 막고 있었어요. 주변 아파트에서도 수많은 사람들이 내려다보고 있었어요.

"저기 〈모나리자〉가 와요!"

아파트에서 누군가 용산역 방향을 가리키며 소리치자 사람들은 일제히 고개를 돌려 무진동 트럭이 오는 것을 보았어요.

"와! 와! 와!"

사람들은 함성을 지르며 무진동 트럭 주위로 몰려들었고, 트럭이 사람들에게 막혀 더 이상 전진하지 못하자 경찰들이 온 힘을 다해 트럭이 박물관으로 들어갈 길을 만들었어요. 트럭은 간신히 박물관 안으로 들어갔고, 경찰들이 다시 박물관 입구를 막아 섰어요. 곧이어 박물관에서 안내 방송이 흘러나왔어요.

"시민 여러분, 세계적인 명화 〈모나리자〉를 뜨겁게 환영해 주셔서 감사합니다. 관람은 내일 아침 10시에 시작합니다. 완벽하게 전시 준비를 마치고 여러분을 맞이하겠습니다. 그럼, 안전하게 집으로 돌아가십시오. 고맙습니다."

하지만 안내 방송을 듣고 집으로 돌아가는 사람은 드물었어요.

"내일 이보다 더 많은 사람들이 몰려올 텐데. 그러면 언제 〈모나리자〉를 볼 수 있겠어요? 난 여기서 밤을 지새우고, 내일 제일 먼저 〈모나리자〉를 보고 말 겁니다."

"옳소!"

"나도 그럴 작정을 하고 왔어요!"

사람들은 너도나도 박물관 앞에서 밤을 새우겠다고 했어요.

어떤 사람들은 담요를 가져왔고, 어떤 사람들은 텐트를 가져왔어요. 차에서 숙박할 준비를 해 온 사람들도 많았어요. 길에서 라면을 끓여 먹는 사람도 있었어요.

국립중앙박물관 특별 전시실에서도 많은 사람들이 〈모나리자〉를 기다리고 있었어요.

"먼지만 한 흠집이라도 생기면 큰일난다. 역사의 죄인이 될지도 몰라. 아니, 미술계에서 쫓겨날 각오를 해야 해!"

프랑스에서 한국까지 그림을 안전하게 운반한 루브르박물관 책임자를 비롯하여 국립중앙박물관 관장, 유명한 화가와 미술대학 교수, 문화체육부 장관, 박물관 직원들이 잔뜩 긴장한 얼굴을 하고 있다가 〈모나리자〉가 상자에서 꺼내져 안전하게 벽에 걸리자 비로소 안도의 한숨을 내쉬었어요. 그리고 환하게 웃었어요. 모두 루브르박물관에 가서 직접 〈모나리자〉를 본 적이 있지만, 이날도 1시간 이상 아무 말 없이 〈모나리자〉를 감상하고 기쁜 얼굴로 돌아갔어요.

다음 날 새벽 6시. 국립중앙박물관 앞 도로에는 벌써 사람들이 500미터도 넘게 줄을 서 있었어요. 그 뒤로도 줄이 늘어나더니 9시에는 뱀처럼 구불구불한 줄이 2킬로미터나 되었어요. 하지만 누구 하나 불평하지 않았어요. 모두 〈모나리자〉를 눈으로 직접 볼 수 있다는 기대에 차 있었어요.

"프랑스 루브르박물관에나 가야 볼 수 있는 걸, 우리나라 박물관에서 직접 볼 수 있다니 이런 기회를 놓칠 수야 없죠."

"맞아요. 일생에 한 번 있을까 말까 한 기회죠."

우리나라 사람뿐만 아니라 일본, 중국, 대만, 몽골, 태국, 베트남, 말레이시아, 인도네시아, 필리핀, 미얀마, 캄보디아, 라오스 등 많은 나라에서 온 관광객들도 〈모나리자〉를 보기 위해 줄을 서 있었어요. 국립중앙박물관이 1945년 12월 3일 개관한 이래 이렇게 많은 관람객이 온 건 처음이에요. 너무 많은 관람객이 몰려왔기 때문에 안전 사고가 날 경우에 대비하여 구급차도 여러 대가 와 있었어요.

10시 정각이 되자 관람객들이 입장하기 시작했어요. 하지만 줄이 좀처럼 줄어들지 않았어요. 관람객들이 〈모나리자〉에 빠져 한참씩 바라보았기 때문이에요. 어떤 사람은 〈모나리자〉를 본 순간 울음을 터뜨리기도 했어요. 밖에서 기다리다가 지친 아이들을 위해 모나리자 탈을 쓴 사람이 아이들과 같이 기념사진을 찍기도 했어요. 박물관 안에서는 모나리자 3차원 영상이 만들어져 마치 살아 있는 듯한 모나리자가 관람객들과 대화를 나누었어요. 기다리는 사람들을 위해 〈모나리자〉에 대해 설명하는 안내방송이 계속 나왔어요.

"〈모나리자〉는 이탈리아의 유명한 발명가이자 미술가인 레오나르도 다빈치가 그린 그림입니다."

"레오나르도 다빈치는 〈모나리자〉 외에도 〈최후의 만찬〉과 같은 세계적인 명화를 남겼습니다."

"레오나르도 다빈치는 인간의 해부도도 남겼고, 하늘을 나는 기구를 설계하기도 했습니다."

인공지능 미술사 로봇 바자리가 돌아다니면서 〈모나리자〉에 대해 설명하기도 했어요.

"〈모나리자〉는 유화이며, 크기는 가로 53센티미터, 세로 77센티미터입니다."

"1503년에서 1506년에 그려졌습니다. 당시에는 미완성 작품이

었습니다.”

“모나리자는 리자 부인이라는 뜻입니다.”

“〈모나리자〉는 미소가 아주 신비로운데, 스푸마토 기법으로 그렸기 때문입니다.”

줄 서서 입장을 기다리던 사람들은 너도나도 앞다투어 〈모나리자〉에 대한 지식을 뽐냈어요.

"그거 알아요? 1년에 〈모나리자〉를 보러 루브르박물관에 가는 사람이 800만 명이나 된대요."

"내가 루브르박물관에 갔을 때 〈모나리자〉 앞에 사람이 하도 많아서 제대로 보지도 못했어요."

"〈모나리자〉를 가만히 보고 있으면 마치 〈모나리자〉가 나를 보고 있는 것 같은 착각에 빠져요."

"〈모나리자〉는 보는 각도에 따라서 다르게 보여요."

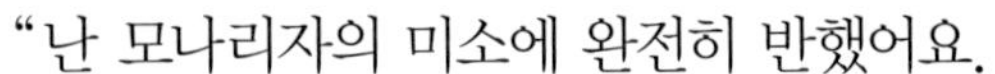

"난 모나리자의 미소에 완전히 반했어요.

세계에서 최고로 아름다운 미소예요."

"난 모나리자의 미소에 반해서 결혼도 포기했다고요."

"모나리자의 눈썹이 왜 없는 줄 알아요?"

"그 당시 미인은 눈썹을 뽑았다는데요."

"아니에요. 원래 다빈치가 눈썹을 그렸는데 후세에 실수로 지워진 거래요."

"〈모나리자〉는 1911년에 루브르박물관에서 도난당했는데, 2년 뒤에 이탈리아에서 범인이 잡혔대요. 범인은 빈센초 페루자였죠. 〈모나리자〉는 1914년에야 루브르로

돌아왔대요."

줄 한쪽에서는 말다툼이 벌어지기도 했어요.

"〈모나리자〉의 주인공은 이탈리아 피렌체 상인 조콘도의 부인, 리자예요."

"무슨 말씀, 다빈치의 제자 살라이죠!"

"그게 아니고요. 다빈치 본인이에요!"

"모르면 가만히 계세요. 다빈치가 자기 어머니를 그린 거예요!"

아무도 자기 주장을 굽히지 않았어요.

"그럼, 인공지능 로봇 바자리에게 물어봅시다!"

"그럽시다!"

그들은 바자리가 가까이 오자 큰 소리로 물었어요.

"바자리, 넌 〈모나리자〉의 진짜 주인공이 누구인지 알고 있지? 조콘도의 부인, 살라이, 다빈치, 다빈치의 어머니 가운데 누가 진짜 주인공이지?"

"맞아, 바자리 네가 제일 먼저 〈모나리자〉의 정체에 대해 말했잖아!"

주위에 있던 사람들 모두 호기심에 찬 눈으로 바자리를 보며 대답을 기다렸어요. 한참 동안 대답하지 않던 바자리가 마침내 작은 목소리로 우물우물 말했어요.

"잘…… 몰……그냥 전해 온 이야기…… 했……뿐……. 직접 본 게 아닌……."

바자리의 대답이 흐리멍덩하자 사람들은 큰 소리로 웃었어요.

"아니, 그렇게 중요한 것도 제대로 모른단 말이야? 하하하."

바자리는 사람들이 비웃는 것을 알아듣고 기분이 상했는지 이렇게 대답했어요.

"그것 빼고는 다 압니다. 내가 세상에서 모나리자에 대해 제일 많이 알아요."

"그래, 그러면 모나리자는 앉은 거니 선 거니? 모나리자는 긴 치마를 입었니? 모나리자는 무슨 신발을 신었니?"

"두 손을 보면 모나리자는 의자에 앉은 자세이고, 모나리자가 입은 옷은 발목까지 내려오는 옷이고, 모나리자는 가죽 신발을 신었어요."

한 사람이 묻자마자 바자리는 거침없이 대답했어요.

"와, 정말 대단한걸!"

사람들이 감탄하면서 박수를 쳐 주었어요. 그때 바자리 앞에서 있던 꼬마 아이가 물었어요.

"바자리야, 직접 본 게 아니라면서 어떻게 아니?"

그 말을 듣고 사람들이 수군수군거리자, 바자리는 슬금슬금 사라져 버렸어요.

제주도에서 김정희를 만나다

특별 전시회 사흘째 되던 밤. 관람객들이 모두 돌아가고 박물관 안은 고요했어요. 사흘 내내 박물관 안팎이 관람객들로 북적거렸기 때문에 경비원들은 긴장을 늦추지 못하고 일하느라 녹초가 됐어요. 너무 피곤해서 꾸벅꾸벅 조는 경비원도 있었어요.

"정신 바짝 차리도록! 사고는 긴장을 푸는 순간 일어나는 법! 〈모나리자〉는 과거에 도둑맞은 적이 있으니 더욱 철저히 지켜야 해!"

경비 대장이 모니터로 박물관 안을 감시하고 있는 경비원들에게 주의를 주었어요. 그때 한 경비원이 다급히 외쳤어요.

"대장님, 전시실에 사람이 있는 것 같습니다."

"그럴 리가 있나. 졸다가 헛것을 본 게 아닌가?"

"이것 보십시오!"

경비 대장이 모니터를 들여다보고 물었어요.

"앗, 검은 옷을 입은 수상한 사람이 있군. 어느 전시실인가? 〈세한도〉가 있는 전시실 아닌가?"

"맞습니다!"

"앗, 모니터에서 사라졌다."

"카메라 사각지대로 간 모양입니다."

"〈모나리자〉 전시실은 문제없나, 어떤가? 먼저 〈모나리자〉가 있는 전시실을 봉쇄해야겠군!"

경비 대장이 재빨리 계기판에 있는 빨간 단추를 누르자 〈모나리자〉 특별 전시실 문이 굳게 닫혔어요.

"좋아. 이러면 〈모나리자〉는 안전할 거야. 대원들은 〈세한도〉가 있는 전시실로 출동! 미처 밖으로 나가지 못한 관람객일지도 모르니까 놀라지 않게 조심스럽게 행동할 것!"

출동 명령이 떨어지기가 무섭게 경비원들은 괴한이 있는 전시실로 달려갔어요. 박물관 복도에 경비원들이 뛰는 발자국 소리가 울려 퍼졌어요. 조금 뒤 경비 대장이 들고 있는 무전기에서 소리가 들려왔어요.

"대장님, 없습니다. 없어요."

"뭐가 없다는 건가? 똑바로 보고하라!"

"전시실에 아무도 없습니다. 다시 보고합니다. 〈세한도〉 전시실에 아무도 없습니다."

"그럴 리가 있나?"

"확실합니다. 샅샅이 수색했습니다."

경비 대장은 새로운 명령을 내렸어요.

"모두 잘 들어라. 괴한이 사라졌다. 그림 도둑일 수도 있고, 관람객일 수도 있다. 아직 확인되지 않았다. 2인 1조로 모든 전시실과 복도를 수색하라. 다시 한번 알린다. 모든 전시실과 복도를 수색하라!"

경비 대장이 한창 명령을 내리는 바로 그때, 검은 옷을 입은 괴한은 그림 속 허름한 집 안에 숨어 있었어요. 집 안에는 가구라고는 책상만 있었어요.

"누군데 이렇게 남의 집에 불쑥 들어온 것이오?"

"죄송합니다. 빈집인 줄 알고 들어왔습니다. 저는 사흘 전에 이곳에 온 〈모나리자〉의 주인공 모나리자입니다. 그림 속에만 있자니 갑갑해서 밖으로 나와 그림 구경을 하고 있었거든요. 그런데 난데없이 '잡아라!' 하는 소리가 들리는 거예요. 처음에는 '설마 세계에서 가장 아름다운 미소를 지닌 나 모나리자를 잡으려 하겠어?' 하고 생각했는데, 고함 소리가 점점 다가오는 바람

에 놀라서 이 그림 속으로 뛰어들어 왔습니다."

"그래요? 허허허. 안심하고 숨어 계시오."

"감사합니다."

"그런데 우리나라 사람 같아 보이지는 않는구려. 내가 젊었을 때 청나라 연경에 가서 당신처럼 생긴 사람들을 본 적이 있는데, 서양인 신부와 수녀 들이었소."

"전 이탈리아 사람이에요."

"이탈리아? 음, 이태리라는 나라를 말하는 것 같군요."

"이탈리아 피렌체 사람입니다. 이름은 리자예요."

"그럼, 성이 리씨인가요?"

"아뇨. 리자가 이름이에요. 진짜 이름은 리자 디 게라르디니예요."

"이름이 굉장히 길군요. 난 김정희라고 하오. 이 그림 〈세한도〉를 그린 사람이라오. 요 며칠 박물관이 시끌시끌하고, 밤에도 환하게 불을 켜 놓더니, 그게 부인 때문이었군요."

"네. 죄송해요. 너무 많은 사람들이 저를 보러 와서요."

"이해하오."

“그런데 낯선 곳에 와서 적응하기도 힘들고, 잠도 잘 안 와요.”

“나도 이 박물관에 온 지 얼마 안 되었는데, 적응할 때까지 고생 좀 했소.”

“언제 오셨는데요?”

“내가 〈세한도〉를 1844년에 그렸는데, 〈세한도〉는 여러 사람의 손을 거쳐 2020년에 이 박물관에 오게 되었소.”

“〈모나리자〉는 1503년에 그리기 시작해서 1517년에야 완성됐고, 그 뒤 프랑스 퐁텐블로 성에 있다가, 베르사유 궁전, 튈르리 궁전을 거쳐, 마리 앙투아네트의 방, 나폴레옹의 방에도 걸려 있었고, 보불 전쟁 때에는 무기 수장고에 있다가 1871년 루브르박물관에 걸리게 됐어요.”

“루브르박물관에 걸리기까지 참 고생이 많았소. 앞으로 편히 지낼 수 있으면 좋겠소.”

“감사합니다. 그런데 할아버지, 여기는 왜 이렇게 춥죠? 방바닥이 얼음장 같아요.”

“아, 이 〈세한도〉 그림은 겨울이라오. ‘세한’은 매우 심한 한겨울의 추위를 말하니까.”

"왜 추운 겨울을 그리셨어요? 예쁜 꽃이 피는 따스한 봄날이 더 좋지 않나요?"

"이 그림은 제자를 위해 그린 거라오. 제자 이름은 이상적이지요."

"제자를 위해 그림을 그리시다니, 제자를 정말 사랑하셨나 봐요."

"예. 나를 위해 헌신적으로 수고해 준 고마운 제자이니까요."

"그런데 제자를 위한 거라면, 따뜻한 그림이 좋을 텐데 왜 추운 계절을 선택하셨어요?"

"긴 사연이 있어요."

김정희 할아버지 눈시울이 붉어졌어요. 눈물을 보이지 않으려고 천장을 보던 할아버지는 "흐흠" 헛기침을 하고 나서 설명하기 시작했어요.

"사실, 난 이 섬 제주도에 갇힌 신세라오. 이곳 제주 대정현은 육지에서 아주 멀리 떨어져 있지요. 그래서 나를 찾아오는 사람이 드물어서 가족도, 친구도 만나고 싶어도 못 만난다오."

去年以晩學大雲二書寄來今年又以
藕畊文編寄來此皆非世之常有購之
千万里之遠積有年而得之非一時之
去年以晩學大雲二書寄來今年又以
藕畊文編寄來此皆非世之常有購之
千万里之遠積有年而得之非一時之
事也且世之滔滔惟權利之是趨爲之
費心費力如此而不以歸之權利乃歸
之海外蕉萃枯槁之人如世之趨權利
者太史公云以權利合者權利盡而交
疏君亦世之滔滔中一人其有超然自
拔於滔滔權利之外不以權利視我耶
太史公之言非耶孔子曰歲寒然後知
松柏之後凋松柏是毋四時而不凋者
歲寒以前一松柏也歲寒以後一松柏
也聖人特稱之於歲寒之後今君之於
我由前而無加焉由後而無損焉然由
前之君無可稱由後之君亦可見稱於
聖人也耶聖人之特稱非徒爲後凋之
貞操勁節而已亦有所感發於歲寒之
時者也烏乎西京淳厚之世以汲鄭之
賢賓客與之盛衰如下邳榭門迫切之
極矣悲夫阮堂老人書

말하는 할아버지 얼굴이 어두워졌어요.

“할아버지가 배를 타고 육지로 가면 안 되나요?”

“나는 왕명을 받아 여기에 갇힌 거라오. 왕명을 거역할 수는 없소. 그래서 이 섬 밖으로 나갈 수 없는 거요. 아니, 이 집 마당 밖으로 나갈 수 없어요. 그런데 사실, 그건 모두 모함 때문이오.”

“너무 억울하시겠어요.”

“그렇소. 말로 다하지 못할 정도로 억울하오.”

무릎에 놓인 김정희 할아버지의 주먹이 부들부들 떨렸어요.

“난 아내가 죽었는데도 장례에 가 보지도 못했어요.”

눈에 맺혔던 눈물이 뺨을 타고 흘러내렸어요.

"얼마나 가슴이 아프셨을까요?"

모나리자 눈에서도 눈물이 흘러내렸어요. 격한 감정이 추슬러지자 김정희 할아버지가 말을 이었어요.

"그런데 제자 이상적 만은 멀고 험한 이곳까지 내게 필요한 것을 가지고 꾸준히 찾아왔소. 멀리 청나라까지 가서 구한 책을 120권이나 가져오기도 했다오."

"정말 좋은 제자를 두셨군요."

"그래서 집과 나무, 겨울, 이런 것을 통해 내 마음을 표현한 거라오."

"혹시 외로움, 이런 건가요?"

"외로움, 그리고 고마움."

"고마움이라면?"

"제자를 향한 고마움이죠."

"어떤 게 고마움을 표현한 건가요?"

"한겨울에도 꿋꿋하게 서 있는 소나무와 측백나무가 바로 제자 이상적이오. 내가 어렵게 지낼 때도 변함없이 잘 대해 주는 제자를 소나무와 측백나무로 표현한 거라오."

제자 이상적에 대해 말하는 김정희 할아버지 얼굴에 작은 미소가 번졌어요. 그걸 본 모나리자의 얼굴에도 미소가 그려졌어요.

"아까 내게 얘기한 대로 리자 부인은 미소가 정말 아름답군요."

"감사합니다. 제자를 사랑하는 할아버지의 마음이 제게 전해져서 그런가 봐요."

"알아주니 고맙소."

그때 갑자기 모나리자는 표정이 어두워지면서 숨을 가쁘게 쉬었어요.

“왜 그러시오?”

“잘 모르겠어요. 가슴이 답답하고 메스꺼워요.”

“마당으로 나가서 바람을 좀 쐬는 게 어떻겠소?”

“마당으로 나갔다가 밖에서 사람들이 우릴 보면 어떡하죠?”

“그런 걱정은 안 해도 되오. 그림 밖에서는 우리가 보이지 않는 것 같으니까.”

“어떻게 아세요?”

“내가 〈세한도〉를 보는 사람들과 여러 번 눈이 마주쳤는데, 그들이 전혀 놀라지 않아서 그렇게 생각한 거요.”

김정희와 모나리자는 마당으로 나왔어요. 모나리자는 눈을 감고 천천히 깊은 숨을 쉬었어요. 잠시 뒤 상태가 좋아졌는지 표정이 밝아졌어요.

“바람이 쌀쌀하지만 한겨울 바람 같지는 않아요.”

“그래요. 〈세한도〉에는 내 심정을 담았기 때문에 한겨울 풍경을 그렸지만 지금은 겨울이 끝나 가는 이른 봄이라오.”

“어, 마당에 돌담이 있네요? 〈세한도〉에는 돌담이 안 보였는데요.”

“〈세한도〉는 오롯이 내 마음을 표현한 것이라서 불필요한 것은 생략했지요. 그래서 돌담이 없어요. 자, 이리 와서 이것 좀 보

시오."

모나리자는 김정희를 따라서 돌담 가까이 갔어요. 낮은 돌담 위로 뾰족한 가시들이 빼곡히 늘어서 있어 밖이 잘 내다보이지 않았어요.

"이 뾰족뾰족한 가시들은 뭔가요?"

"집 둘레에 심어 놓은 탱자나무 가시 울타리예요. 난 저 울타리 밖으로 나갈 수 없소."

"아, 마치 제가 가시에 찔린 것처럼 마음이 아파 오네요."

"마음이 답답할 때는 좁은 마당을 벗어나 파란 바다를 구경하고 싶은데 그것도 못 한다오."

"바다? 바다가 뭔가요?"

"바다는 파란 물이 끝없이 펼쳐진 곳이오. 물과 하늘이 맞닿아 있지요."

"저도 파란 바다를 구경하고 싶어요. 한 번도 본 적이 없어요. 제가 살던 피렌체는 주위가 산과 들이거든요. 저 멀리 보이는 산을 닮았어요."

"저 산은 한라산이라오. 저 산을 닮았다니, 피렌체도 아름다운 곳 같구려."

"피렌체는 자연도 아름답지만, 멋진 그림과 조각과 건물도 많은 예술의 도시예요."

"혼자 지내느라 쓸쓸했는데 모처럼 이렇게 이야기를 나누니

많은 위로가 되었소. 고맙소."

김정희는 돌담 아래에서 노란 꽃 한 송이를 꺾어 모나리자에게 주었어요.

"감사하는 마음을 담은 작은 표시라오."

"어머, 제가 좋아하는 수선화네요. 참 아름다워요. 고맙습니다. 수선화는 곧 봄이 온다는 걸 알려 줘요. 할아버지에게도 곧 봄이 올 거예요."

모나리자의 얼굴에 환하게 웃음꽃이 피었어요.

"피렌체에서도 많이 봤어요. 고향에 돌아온 기분이 들어요."

"기쁘게 받아 주니 나 또한 기쁘오. 수선화는 내가 아주 좋아하는 꽃이라서 시도 한 수 지었소."

김정희는 눈을 감고 천천히 시를 읊었어요.

"날씨가 차가워도 꽃봉오리 둥글둥글하니 그윽하고 담백하여 감상하기 참 좋구나

매화나무 아무리 고고해 보여도 뜰을 벗어나지 못하나

맑은 물에 핀 너 수선화 해탈한 신선 같구나."

조용히 듣고 있던 모나리자가 말했어요.

"수선화가 눈앞에 그려지는 것 같아요. 그런데 해탈이 뭔가요?"

"괴로운 마음에서 벗어났다는 말이라오."

"할아버지 마음을 대신 말해 주는 것 같아요. 수선화는 할아버지와 잘 어울리는 꽃 같아요."

"그래서 내가 수선화를 좋아하는 것 같소. 담장 밖 좀 떨어진 곳에 남문지못이라는 작은 연못이 있는데, 그곳에는 수선화가 지천으로 피어 있을 거요."

김정희는 가시 울타리 사이로 담장 밖을 내다보았다가 모나리자를 돌아보았어요.

"그런데 리자 부인은 다시 〈모나리자〉 그림으로 돌아가야 하지 않나요?"

"조용해져야 밖으로 나갈 텐데, 걱정이에요. 어떻게 전시실로 돌아갈 수 있나요?"

"집으로 들어가서 창밖을 뚫어지게 보고 있으면 어느 순간 전시실이 보일 거요. 그때 경비원들이 있는지 없는지 잘 살피고 나가면 되오."

"감사합니다. 할아버지도 언젠가 집으로 돌아가셔서 가족과 함께 사시기를 기도할게요."

모나리자는 할아버지에게 인사하고 집으로 들어갔어요.

강릉에서 신사임당을 만나다

그림 밖으로 나온 모나리자는 〈세한도〉를 다시 보았어요. 추운 겨울에 외롭지만 꿋꿋하게 서 있는 소나무와 측백나무. 그것은 김정희 할아버지이자 제자 이상적이었어요. 모나리자는 수선화를 가슴에 대고 고개를 숙였어요.

"할아버지, 무사히 가족 품으로 돌아가시기를……."

기도를 마친 모나리자는 살금살금 출입구로 걸음을 옮겨 좌우를 살폈어요. 복도는 조용했어요.

'후유. 다행이다. 그런데 어느 쪽으로 가야 하지?'

모나리자는 두리번두리번 주위를 살피며 살금살금 걸었어요.

"저기 있다! 잡아라, 라, 라!"

뒤쪽 멀리서 고함소리가 홀에 울려 퍼지면서 경비원들이 달려왔어요. 모나리자는 너무 놀란 나머지 냅다 뛰었어요. 그런데 치마가 걸리적거려서 양손으로 치마를 무릎 위까지 잡아 올리고 뛰기 시작했어요. 쫓아오는 구둣발 소리가 바로 등 뒤로 점점 다가왔어요.

'곧장 가야 하나? 가까운 전시실로 들어가야 할까?'

허둥대며 어느 전시실 앞을 지날 때 "이쪽으로 오세요!" 하는 목소리가 마음에 들어왔어요. 모나리자는 진짜인지 아닌지 확실하지 않았지만, 전시실로 뛰어들었어요. 전시실에는 아무도 없었어요. 모나리자는 당황해서 등줄기에 식은땀이 흘렀어요. "어디로 갔지?" 고함 소리, 구둣발 소리……. 모나리자는 심장이 쿵쾅쿵쾅 뛰었고 숨도 가빠졌어요. 그때 모나리자 눈앞에 흰나비가 나풀나풀 날고 있는 것이 아니겠어요? "이쪽으로 오세요!" 하는 소리가 좀 더 또렷이 전해졌어요. 흰나비는 모나리자 얼굴 앞에서 빙글빙글 돌더니 날아갔어요. 모나리자는 홀린 듯 나비를 따라갔어요. 몇 발자국이나 걸었을까? 모나리자는 어느새 자그마한 방에 들어와 있었어요. 한 여인이 그림을 그리고 있었고, 그림 속에 흰나비가 있었어요.

"앗, 내가 따라온 나비!"

모나리자는 엉겁결에 소리를 질렀어요. 그러자 여인이 붓을 멈

추고 부드러운 목소리로 말했어요.

"잘 오셨어요! 제가 부르는 소리를 제대로 들으셨군요."

"예. 하지만 처음에는 잘못 들은 줄 알았어요."

"왜 쫓기는지는 몰라도, 도와야겠다고 생각했답니다."

"감사합니다."

"그런데 무슨 일로 쫓겼어요?"

"잘 모르겠어요. 저는 며칠 전에 이 박물관에 온 그림 〈모나리자〉의 주인공이에요. 밤에 답답해서 산책하고 있는데, 경비원들이 큰 소리를 지르며 달려왔어요. 겁이 나서 도망쳤어요."

"여기서는 안심해도 돼요. 마음 푹 놓으세요."

여인이 하는 말을 듣고 모나리자는 안심이 되었어요.

"내 정신 좀 봐. 도와주신 분의 이름도 안 물어봤네요."

"신사임당이에요."

"전 모나리자라고 해요."

"성이 모, 이름이 나리자인가요?"

"호호호. 아니요. 이름은 리자이고요. 모나는 부인을 말해요."

"아, 그럼 리자 부인인가요?"

"네. 원래 이름은 리자 게라르디니인데요. 남편 성을 따랐기 때문에 리자 조콘도가 됐어요."

"결혼하면 남편 성을 따르는군요."

"당연한 거 아닌가요?"

"여기서는 안 그래요."

"정말요? 어디나 그런 줄 알았어요."

"그런데 어쩌다 그림의 주인공이 됐나요?"

"전 열여섯 살에 결혼했어요. 지금은 스물넷이고요. 최근에 둘째 안드레아도 낳았죠."

"어머, 아이가 있나요? 그렇게 안 보여요."

"호호호. 그렇게 봐 주시니 고맙습니다."

"뭘요. 인사치레로 한 말이 아닌걸요."

모나리자 얼굴이 밝아졌고 목소리도 높아졌어요.

"남편은 비단 사업으로 돈을 많이 벌었답니다. 남편은 그게 다 내 덕분이라면서 피렌체 최고 화가 레오나르도 다빈치에게 제 초상화를 의뢰했어요."

"행복해서 그런가, 미소가 참 아름다워요."

"그림을 그릴 때 옆에서 노래를 불러 주고, 재미있는 얘기를 들려줘서 그럴지도 몰라요."

"아니에요. 리자 부인의 미소가 원래 아름다워서 그럴 거예요."

"그렇게 말씀해 주시니 고맙고 부끄럽네요."

"참 부러워요. 그런데 이런 걸 물어봐도 되는지 모르겠는데……."

"괜찮아요. 뭐든지 물어보세요."

"남편이 부자라면서 리자 부인은 왜 그렇게 수수한 어두운 색 옷을 입고 있죠? 화려한 옷을 입고 싶지 않아요?"

"저도 화려한 옷을 입고 싶긴 해요."

"그런데요?"

"귀족들이 사치단속법이란 걸 만들어서 귀족이 아닌 사람들은 화려하고 멋진 옷을 못 입게 막았어요. 그래서 아무리 돈이 많아도 귀족이 아니면 어둡고 수수한 옷을 입을 수밖에 없어요. 귀족들은 허리를 가늘게 보이도록 졸라매고, 화려하게 장식한 옷들을 입지요."

"부인이 예쁜 옷을 입으면 정말 잘 어울릴 텐데요."

"말씀만으로도 감사해요. 그런데 지금 입고 계신 연두색 치마와 자주색 끈이 화려하지는 않지만 무척 세련된 것 같아요."

"끈이요?"

"네. 가슴에 달린 끈이요."

"아, 이건 옷고름이라고 부릅니다."

"이곳 사람들 모두 그렇게 고운 빛깔 옷을 입나요?"

"아니에요. 여기에서도 대부분 흰색과 검정색 옷을 입어요. 양반 집안 여자들이나 다양한 색과 무늬가 들어간 옷을 입죠."

"이곳에서도 일반 사람들은 좋은 옷을 못 입는군요.

신사임당은 모나리자에게 미안한 생각이 들어서 대답하지 못했어요. 모나리자는 말실수를 한 것 같아서 화제를 돌렸어요.

"이 그림들은 다 직접 그리신 건가요?"

"실력은 부족하지만 제가 그린 거랍니다."

"이 포도 그림은 진짜 포도같이 탐스러워요."

신사임당은 말없이 미소를 지었어요.

"제가 살던 피렌체도 포도가 유명하거든요."

"어머, 전 포도를 무척 좋아해요. 그곳 포도 이야기 좀 해 주세요."

"이곳에도 축제가 있나요?"

"있고말고요. 5월 5일에 열리는 단오제가 있어요. 그날 떡도 하고, 창포물에 머리도 감고, 그네도 뛰고 씨름도 하죠."

"피렌체에서는 가을에 포도주 축제가 열려요. 피렌체 부근 루피나에서 수확한 포도로 만든 포도주 천 병을 흰 소 두 마리가 끄는 수레에 가득 싣고 피렌체로 오죠."

"포도주 천 병이라니!"

"우차에 술병을 높이 쌓아 올린 것을 보면 놀랄 거예요. 피렌체 주민들이 거리에 나와서 우차가 도착하기를 기다리는 동안 악

단이 연주하고, 기수들이 행진을 하면서 커다란 깃발을 하늘 높이 던졌다가 받아요. 그리고 우차가 도착하면 모두들 우차를 따라서 시뇨리아 궁전으로 가죠. 그곳에서 수상 피에로 소레리니에게 포도주를 바치는 것으로 축제가 끝나요. 아주 활기찬 축제죠."

"우차를 쫓아서 주민들이 행진하는 활기찬 모습도 그림에 담아 보고 싶네요."

"그런데 지금 그리는 그림은 뭔가요?"

그 질문에 신사임당은 안색이 어두워졌어요. 그 모습을 본 모나리자는 당황해서 어쩔 줄 몰랐어요. 그때 신사임당 옆에서 자고 있던 여자아이가 잠꼬대를 하는지 칭얼댔어요.

"어머, 아이가 자고 있었네요. 아이, 예뻐라."

잠자는 아이 얼굴을 들여다보던 모나리자 눈가가 촉촉해졌어요. 신사임당은 말없이 수건을 건넸어요.

"아이가 보고 싶어요."

모나리자는 수건으로 눈물을 훔쳤지만 눈물이 그치지 않았어요.

"걱정 마세요. 금방 볼 수 있을 거예요."

"……."

모나리자는 고개를 떨구었어요.

“사실, 안드레아는 셋째 아이예요. 둘째 아이는 4년 전에 병으로 내 곁을 떠났어요. 귀여운 여자아이였지요. 병명조차 알지 못해 제대로 치료도 못 하고, 내 품에 안겨 서서히 숨결이 약해졌어요.“

“저런, 얼마나 아이가 보고 싶을까요. 눈물이 마를 때까지 실컷 우세요. 엄마가 어떻게 아이를 잊을 수 있겠어요. 엄마는 아이를 가슴에 묻는다고 하죠.”

“죄송해요. 초면에 이런 모습을 보이고 말았어요.”

“그 심정은 충분히 알아요. 저도 엄마니까요. 우리 바람 좀 쐐요.”

모나리자의 울음이 어느 정도 진정되자 두 사람은 쪽마루로 나왔어요.

“와, 이 냄새는 뭐죠? 바람에서 짭짤한 냄새가 나요.”

“이곳 강릉은 바다 옆이라 바람에 바다 냄새가 섞여 있죠.”

“파란 물이 끝없이 펼쳐진 바다가 보고 싶어요.”

모나리자가 담 밖을 내다보다가 깜짝 놀라서 물었어요.

"저쪽에 보이는 넓고 파란 곳이 바다인가요?"

신사임당은 모나리자가 가리키는 쪽을 보았어요.

"저것은 호수랍니다. 경포호. 바다는 그 너머에 있어요. 이따가 함께 가 봐요."

"처음 보는 바다, 기대돼요."

모나리자 얼굴에 미소가 되살아났어요. 두 사람이 마당으로 내려가자 참새 떼가 파드닥 날아올라 검은 대나무 숲으로 숨어들어갔어요.

"마당에 식물이 참 많네요."

"꽃도 많이 심었고, 텃밭도 조금 가꾸고 있어요."

"저기, 가지가 달려 있네요. 흰나비와 붉은 나비가 날고요. 그 밑에 있는 벌레는 뭐죠?"

"방아깨비랍니다. 뒷다리가 참 긴 것이 귀엽죠?"

"꽃밭에 보이는 저 빨간 꽃은요?"

"어떤 거요?"

"밑에 도마뱀이 있는 저 꽃이요."

"그건 양귀비랍니다."

"양귀비 아래 진분홍색 작은 꽃은요?"

"그건 패랭이꽃이죠."

"이렇게 예쁜 꽃밭이 있으니 행복하시겠어요."

"꽃들이 흐드러지게 핀 모습을 보면 행복해요. 하지만……."

"네?"

"아, 아니에요. 보여 드리고 싶은 게 있어요."

신사임당은 모나리자를 건물 뒤꼍으로 데리고 갔어요. 그곳에는 큰 나무가 한 그루 있었어요.

"100년이나 된 매화나무예요. 연분홍색 꽃이 활짝 피면 정말 아름다워요. 그걸 보여드려야 하는데, 아쉽네요. 매화는 초봄 일찍 꽃이 피거든요. 그러고 보니 아까부터 손에 들고 있는 노란 꽃은 무슨 꽃인가요?"

"이건 수선화예요."

"처음 보는 꽃이네요. 이곳에서는 본 적이 없어요."

"제주도에서 김정희 할아버지에게 선물 받은 꽃이에요. 그곳에는 흔한 꽃이래요."

"와, 꽃을 선물하다니 멋을 아는 할아버지시네요."

“네. 그림도 잘 그리셨어요. 마음에 슬픔이 가득 차 있었지만요.”

“누구나 가슴에 슬픔을 감추고 살지요.”

신사임당의 말에 모나리자는 고개를 끄덕였어요.

“자, 그럼 바다를 보러 갈까요?”

“네. 어서 보고 싶어요.”

“나가기 전에 잠깐만.”

신사임당은 건넌방 앞으로 갔어요. 방에서 웅얼웅얼 소리가 흘러나왔어요.

“현룡아 잠깐 나와 보거라.”

읊조리던 소리가 뚝 그치더니 남자아이가 나왔어요.

“어머니, 부르셨습니까?”

“현룡아, 먼저 인사 올리거라. 먼 나라에서 오신 손님이시다.”

아이는 두 손을 앞으로 가지런히 모으고 깊이 허리를 숙여 인사했어요.

“처음 뵙겠습니다. 인사 올립니다. 현룡이라 하옵니다.”

모나리자는 처음 보는 인사법에 당황해서 말했어요.

"안녕, 부온 조르노!"

"현룡아, 잠시 이 손님과 바닷가에 다녀오마. 안방에서 자는 동생 옆에 앉아서 글공부를 하거라."

"예, 어머니. 동생을 잘 보고 있을 테니까 걱정 마시고 다녀오십시오."

집을 나온 두 사람은 경포호 옆을 걸었어요.

"어쩜 이렇게 물이 맑죠?"

"경포호라는 이름이 거울처럼 맑은 호수란 뜻이랍니다."

"어머, 호수에 새들도 많네요."

"예. 얕은 물가에 해오라기 한 마리가 있네요."

"어디요?"

"네. 저기 갈대 바로 앞에요. 한 발을 살짝 들고 있잖아요. 목을 잔뜩 움츠리고요."

"정말 그렇네요. 너무 귀여워요."

"제 눈에는 외로워 보이는데요. 저쪽에는 청둥오리 가족이 있어요."

"네. 수컷은 안 보이고, 어미 새와 새끼들만 있는 것 같아요.

ⓒ오죽헌 시립박물관

새끼들도 곧 어미 곁을 떠날 것 같네요. 덩치가 거의 어미만 하니까요."

"새끼들이 혼자 힘으로 살아가려면 얼마나 힘이 들까요?"

"그래도 언젠가는 부모 곁을 떠

나 제 힘으로 살아가야 하니까요."

신사임당은 한참 동안 청둥오리 새끼들에게서 눈을 떼지 못했어요. 신사임당 눈에 눈물이 맺혔어요.

"정말 평화로운 곳이에요. 저 뒤로 펼쳐진 산도 그림처럼 멋있고요."

신사임당은 손가락으로 눈물을 살짝 찍고 나서 대답했어요.

"아흔아홉 번을 돌아 올라야 정상에 도착하는 높은 산, 대관령이지요."

"산이 장관이네요. 피렌체에도 높은 산이 있어요. 아펜니노 산이요."

"피렌체 이야기를 좀 더 해 주세요."

"피렌체 시내에는 커다란 건물이 많아요. 베키오 궁전도 있고, 조토의 종탑도 있고, 피렌체 대성당도 있어요. 성당에 들어가면 벽과 천장에 그려진 화려하고 멋진 그림들을 볼 수 있어요. 거리에는 벌거벗은 남자들을 조각한 조각상도 많고요."

"어머, 망측해라. 벌거벗은 남자들이라니! 왜 그런 걸 거리에 세워 두고 보는 거죠?"

"사람의 몸을 아름답게 표현하는 것을 예술이라고 생각해서 그런 것 같아요."

"벌거벗은 몸이 예술이라니, 이곳에서는 사, 상상도 모, 못 할 일이에요."

얼굴이 빨개진 신사임당이 말을 더듬자 모나리자가 웃으면서 현룡이 이야기를 꺼냈어요.

"호호호. 그런데 아까 글공부를 하던 아이는 똘똘해 보여요. 이름이 뭐였죠?"

"현룡이랍니다. 제가 그 아이를 배 속에 가졌을 때 꿈에 용이 나타났거든요. 그래서 현룡이라 부르죠. 이름은 '이'에요. 성이

'이'니까 '이이'죠."

"예. 이이, 그 아이가 대답을 또박또박 잘했어요. 혼자 공부도 하고요."

"6살인데 기특하게도 스스로 공부를 잘하네요."

"그럼, 아이는 둘인가요?"

"아니요, 여섯이랍니다."

"정말요? 그렇게 안 보여요. 훨씬 젊어 보여요."

신사임당은 빙그레 웃었어요.

"다른 아이들도 착하고 성실하겠죠? 공부도 잘하고요?"

"제 자랑 같지만, 아이들 글공부는 제가 다 가르쳤어요. 그림도요. 글을 잘하는 건 현룡이고요. 그림을 특히 잘하는 건 첫째 딸 매창이에요. 솔직히 말해서 나머지 아이들은 고만고만해요. 더군다나 집안의 기둥이어야 할 큰아들은 몸이 약해서 걱정이에요. 그래도 믿는 만큼 잘할 거예요."

"정말 믿는 만큼 잘할까요?"

"아이들은 엄마 욕심대로 키울 수 없는 것 같아요. 각자 타고난 재능이 다르니까요. 누구와 비교해서도 안 되죠."

이야기를 나누는 동안 두 사람은 경포 해변에 도착했어요.

"여기가 바로 경포 바다랍니다."

모래사장이 멀리까지 펼쳐져 있고, 울창한 소나무 숲이 서 있었어요. 해변에는 파도가 넘실대며 밀려와 모래사장을 철썩 쳤다가 물러나고, 시퍼런 바다 위에 갈매기 떼가 날면서 끼룩끼룩 울고, 바다 멀리 작은 배 세 척이 떠 있었어요. 모나리자는 아름다운 바다 경치에서 눈을 떼지 못했어요.

"하늘과 바다가 하나인 것 같아요. 이런 곳이 있다니 놀라워요."

"우리 물가에 가 볼까요?"

"발이 땅속으로 자꾸 빠져요. 누군가 잡아당기는 것 같아요."

"호호호. 이건 모래예요. 보세요. 반짝반짝 빛나는 게 아름답지 않아요?"

"정말, 보석을 뿌려 놓은 것 같아요."

모나리자는 해변을 아이처럼 뛰어다녔어요.

쏴아아 쏴아아.

바닷물이 발목까지 밀려들자 모나리자는 깜짝 놀라 물에서 뛰어나갔어요. 신사임당은 그 모습을 보고 작은 미소를 지었어요. 그리고 나직이 혼잣말을 했어요.

"아, 이 아름답고 멋진 바다를 언제 다시 볼 수 있을까?"

그때 신사임당 곁으로 온 모나리자가 그 말을 들었어요.

"무슨 말씀이세요? 집에서 가까우니까 언제든지 볼 수 있잖아요?"

모나리자 얼굴을 물끄러미 보던 신사임당이 결심한 듯 말을 꺼

냈어요.

"아까는 미안했어요."

"네? 뭐가요?"

"아까 무슨 그림을 그리고 있냐고 물었을 때 대답하지 않은 거요."

"괜찮아요. 전 벌써 잊었는걸요."

"그 그림들은 동생에게 줄 이별 선물로 그리고 있던 거예요."

"이별 선물이라뇨?"

"사실, 전 며칠 뒤에 먼 곳으로 이사 간답니다. 아이들 모두 데리고요."

"예? 어디로요?"

"한양이란 곳이에요. 꼬박 일주일 정도를 가야 도착하는 곳이죠. 이번에 가면 언제 다시 이곳에 올 수 있을지……."

모나리자는 신사임당의 두 손을 꼭 잡아 주었어요.

"이곳에 늙으신 어머니가 계세요. 동생들에게 어머니를 떠맡기고 가는 것 같아서 미안한 마음이 커요. 그래서 동생들을 위해 그림 선물을 준비하고 있던 거예요."

"어머니 걱정에 얼굴이 어두웠던 거군요."

"요즈음에는 밤마다 달님에게 빌어요. 꼭 어머니를 다시 뵙게 해 달라고요."

"저도 빌게요. 꼭 두 분이 다시 만날 수 있을 거예요."

"가슴에 담아 두고 아무에게도 못 했던 얘기를 모나리자에게 털어 놓으니 속이 시원해졌어요."

"그렇게 말씀하시니 고마워요. 그런 의미에서 언니라고 불러도 될까요?"

"네? 갑자기 무슨 말씀을?"

"놀라셨다면 죄송해요. 얘기하다 보니 의지하고 싶은 마음이 생겨서 그만."

"그래요? 얼마든지 언니라고 부르세요."

"고마워요, 언니! 거절하시면 어쩌나 걱정했어요."

"여동생이 세 명 있는데, 한 명 더 생겼네요. 호호호."

"언니, 그런데 그 먼 길을 아이들 여섯 명이나 데리고 어떻게 갈 수 있어요? 일주일이나 가야 한다면서요?"

"걱정이 커요. 살림살이 이삿짐도 많고 세 살밖에 안된 꼬맹이도 있으니까요."

"저라도 따라 갈까요?"

"리자 동생은 전시실로 돌아가야죠."

"도움도 못 드리고, 미안해요."

"아니에요. 짐은 소달구지에 실으면 되고, 어린애들은 업기도 하고 달구지에 태우기도 하고 걸리기도 하면서 가야죠. 열여덟 살 맏이, 그 아래로 열세 살, 열한 살, 큰 애 셋이 동생들을 돌보는 데 힘을 보탤 수 있을 거예요."

"아주 힘든 길이 되겠어요."

"남편도 같이 가고, 노비도 넷이나 따라갈 테니까, 힘든 일을 나누면서 가야죠."

"언니는 잘 해내실 거예요."

"그럼요. 한양 가는 길에 만나는 산과 강과 들, 나무와 꽃, 벌레, 새들이 너무 예쁘고 사랑스러워서 힘든 줄도 모를 거예요. 그러니 걱정은 그만하고, 경포 바다의 경치를 즐겨요. 두 눈에 가득 담아 가고 싶어요."

"언니, 저도 처음 보는 이 반짝이는 금빛 바다를 평생 잊지 못

할 거예요."

신사임당과 모나리자는 그 뒤로도 한참 동안 경포 바다를 바라보았어요. 파도가 잔잔하게 치고, 하늘에는 흰 구름이 두둥실 떠 있었어요.

"이렇게 평화로운 순간이 참 좋아요. 리자 동생은 어때요?"

이때 모나리자가 신사임당에게 힘없이 머리를 기댔어요. 미소가 사라진 창백한 얼굴에 식은땀이 흘렀고, 모나리자는 숨도 제대로 쉬지 못했어요.

"리자 동생, 리자! 왜 그래요? 괜찮아요? 정신 차려요, 리자!"

깜짝 놀란 신사임당이 모나리자를 팔에 안고 묻자 모나리자는 간신히 고개를 끄덕였어요.

"곧 괜찮아질 거예요."

모나리자는 가냘픈 목소리로 말했어요. 신사임당은 어쩔 줄 몰라서 모나리자를 모래사장에 눕히고 이마에 땀이 맺히도록 모나리자의 팔다리를 주물러 주었어요. 얼마 후 모나리자는 아무 일도 없었다는 듯이 멀쩡해졌어요.

"어떻게 된 일이에요?"

"잘 모르겠어요."

"어려서부터 까무러치는 병이 있었나요?"

"아니에요. 아마 그때부터 그랬던 것 같아요."

"그때?"

"그러니까, 좁은 곳에 오랫동안 갇혔다가 나온 다음이죠."

"어쩌다 그런 일이 있었어요?"

"그러니까 누군가 루브르박물관에서 〈모나리자〉를 떼어 액자는 버리고 그림만 가방에 넣어 박물관을 빠져나갔어요. 열차 소리가 계속 들렸어요. 너무 불안했죠. 기절하고 말았어요. 정신을 차려보니 빛 한 점 없는 어둠 속이었어요. 아무것도 안 보였어요. 답답했어요. 먼지도 많았지요. 아무리 소리쳐도 대답이 없었어요. 혼잣말을 중얼거리면서 버텼어요. 어둠 속에서는 시간이 얼마나 지났는지 알 수 없었어요. 그러던 어느 날, 어수선해지고 벽을 부수는 소리가 났어요. 얼마 후 신선한 공기와 밝은 빛이 들어왔어요. 그리고 한참 후에 다시 루브르박물관으로 옮겨졌어요. 그 뒤로 간혹 죽을 것 같은 공포감이 덮쳐 왔어요. 그럴 때는 숨쉬기조차 힘이 들어요."

"지금 눈에 슬픔이 가득하고 미소도 사라지고 없어요."

신사임당은 모나리자를 부둥켜안고 등을 토닥여 주었어요.

"그 시간이 얼마나 견디기 힘들었을까. 잊어버리세요."

"잊고 싶은데, 잊으려고 하면 더 생각이 나는걸요. 이 파도가 걱정거리를 다 씻어 가면 얼마나 좋을까요?"

하지만 파도는 철써덕거릴 뿐 아무 대답도 없었어요.

신윤복이 그린 미인을 만나다

신사임당과 헤어진 모나리자는 흰나비를 만났던 전시실로 돌아왔어요. 복도에서 사람들 발자국 소리가 들려왔어요. 모나리자는 숨죽이고 숨어 있다가 발자국 소리가 사라지자 복도로 나가 살금살금 걸어갔어요. 어느 전시실 앞을 지날 때 전시실 안에서 물소리와 수다 소리가 시끄럽게 들렸어요. 깜짝 놀란 모나리자는 전시실 안으로 들어갔어요. 큰 바위 사이로 물이 흐르고 여자들이 바위 위에 앉아 있는 그림에서 소리가 흘러 나왔어요.

모나리자는 그들을 조용히 시키려고 그림 속으로 뛰어들어 갔어요.

그곳은 빨래터였어요. 아주머니 셋이 냇가에서 빨래를 하고 있었어요. 두 아주머니는 빨랫방망이로 바위 위에 놓인 옷을 탕탕 치고 있었고, 한 아주머니는 빨래를 짜고 있었어요. 다른 바위에서는 한 엄마가 머리를 따고 있었어요. 엄마 옆에 있는 아기는 배가 고픈지 엄마 젖을 만지고 있었어요.

"우리 남편이 요즘 농사 짓기가 너무 힘이 든대. 점점 꾀만 늘어. 일하기 싫으면 싫다고 하지."

"우리 남편도 그래. 틈만 나면 누워서 잠이나 자려고 하거든."

"우리 애는 힘이 장사라서 농사일도 잘 도와 줘."

"정말 부럽네."

"효자네. 효자야. 힘센 자식이 재산이지."

"우리 밭 한 뙈기라도 있으면 소원이 없겠어."

아주머니들의 대화는 끊이지 않고 이어졌어요. 모나리자는 불쑥 뛰어들어 소리쳤어요.

"아주머니들, 이렇게 떠들다가 경비원들한테 들켜요. 목소리를 낮추세요."

빨래를 하던 아주머니들은 갑자기 나타난 모나리자를 보고 웃으며 말했어요.

"그까짓 경비원이 뭔데 무서워해? 난 포졸이 와도 안 무섭다오."

"난 인왕산 호랑이도 안 무서운데! 와하하."

"들키면 좀 어때? 지들이 그림 속으로 들어와서 우릴 잡아갈 것도 아닌데. 호호호."

"맞아 맞아, 떠들고 안 떠들고는 우리 맘이지."

아주머니들이 하는 거침없는 말에 모나리자는 가슴이 뻥 뚫리는 것 같았어요. 그때 위쪽에 있는 바위에서 뭔가 희끗 보였어요. 갓을 쓴 남자였어요.

"어머나! 바위 위에서 웬 남자가 훔쳐보고 있어요!"

빨래를 하던 아주머니들이 일제히 바위 쪽으로 고개를 돌렸어요. 그리고 남자를 보자마자 빨랫방망이를 휘두르며 비호처럼 달려갔어요.

"잡아라!"

"못된 놈!"

"잡아서 단단히 혼내 줘야 해!"

성난 아주머니들의 기세에 놀란 남자는 혼비백산하여 달아나기 시작했어요. 하지만 백 걸음도 뛰지 못하고 아주머니들에게 잡히고 말았어요.

"갓을 쓴 걸 보니 우리 같은 상민은 아닌데, 숨어서 여자들을 훔쳐보다니 우리와 같이 관아로 가야겠소."

"아, 아니. 후, 훔쳐본, 본 게 아니라오."

남자는 매우 곤란한 표정으로 변명하듯이 말했어요.

"그럼, 뭘 한 게요?"

"여, 여자, 내가 사랑하는 여자를 찾고 있는 중이라오. 멀리까지 여자들 목소리가 들리길래 혹시나 그녀가 이곳에 있을까 해서 와 본 것뿐이오."

"거짓말!"

"거짓말 아니오."

"거짓말 아니란 증거가 있소?"

남자는 허둥지둥 소매에서 비단 두루마리를 꺼내 펼쳤어요. 두루마리에는 한 여자가 그려져 있었어요. 머리에는 커다란 가체를 올렸고, 머리카락은 한 올 한 올 세밀하게 그렸으며, 얼굴은 계란처럼 갸름한데 뺨은 약간 통통하며, 눈썹은 초승달과 같았고, 코는 마늘쪽을 닮았어요. 또 쌍꺼풀

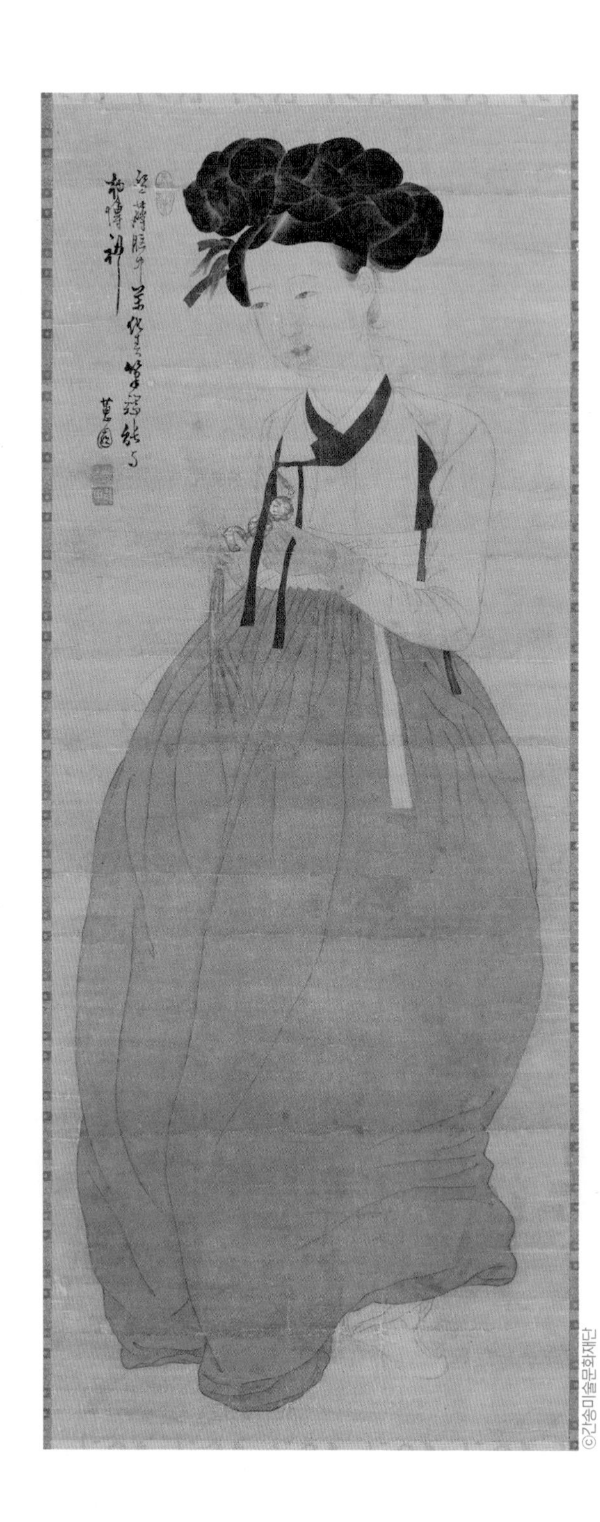

없는 작은 눈과 앵두 같은 작은 입술에 슬픔이 묻어 있었어요. 그리고 옷은 몸에 끼는 연노랑 저고리에 통이 넓은 옥색 치마를 입었어요.

"보시오. 이 여인이 내가 찾는 여인이라오."

"세상에 이렇게 아름다운 여인이 있다니!"

"하늘의 선녀도 이보다 아름답진 않을 것 같아요!"

그림 속 여인이 어찌나 아름다운지 모나리자와 세 아주머니 모두 감탄했고, 의심이 저절로 풀렸어요.

"이 그림을 직접 그렸단 말이오?"

"그렇소. 난 그림 그리는 신윤복이라 하오."

"왜 이 여자를 찾아다니는 거죠?"

"며칠 전에 갑자기 사라져 버렸기 때문이오."

"왜 사라졌는데요?"

"나도 모르오. 아무 얘기도 남기지 않았으니까. 자, 오해가 풀렸으면 난 여자를 찾으러 가겠소."

신윤복은 이 말을 남기고 총총걸음으로 사라졌어요. 신윤복이 멀리 간 것을 보고 아주머니들은 빨래터에서 또 수다를 떨기 시작했어요.

"부부 사이는 아닌 것 같은데. 연인 관계인지……. 사내가 기운이 하나도 없어 보여. 쯧쯧."

"그러게. 눈이 움푹 꺼진 게 참 안됐어."

"어지간히 그 여자를 좋아했나 봐."

"나도 그런 애인 하나 있으면 좋겠네. 호호호."

"이 사람아, 개똥이 아비가 알면 큰일 나네. 까르르."

한바탕 수다를 떨며 빨래를 마친 아주머니들은 "밭일 하러 가야 해.", "주인집 심부름 가야 해.", "개똥이 밥 차려 주러 가야 해." 하며 모나리자에게 눈길도 주지 않고 바삐 제 갈 길로 가 버렸어요. 아주머니들이 사라지자 모나리자는 왠지 서운했어요.

'이상하다. 수많은 사람들이 나를 보러 멀리서부터 몰려오는데, 저 아주머니들은 내게 관심도 주지 않고 사라져 버렸네. 내가 세계적인 〈모나리자〉인데 말이지.'

모나리자는 섭섭한 마음이 가라앉기를 기다렸다가 전시실로 발길을 돌렸어요. 그때 근처에 있는, 가지가 치렁치렁한 능수버들

뒤에서 누군가가 얼굴을 내밀었어요. 두 사람은 서로를 본 순간 통하는 점이 있다는 것이 느껴졌어요.

"앗, 당신은 아까 그 남자가 찾던, 그림 속 그 여자!"

그 여자는 정말 그림 속 여자와 똑같이 생겼어요.

"맞죠? 그렇죠?"

여자는 조용히 고개를 끄덕였어요.

"색깔이 고운 옷을 보니, 당신은 양반 집안 여자죠?"

모나리자의 물음에 여자는 고개를 가로저었어요.

"호호호."

여자는 작은 손으로 입을 가리고 웃었어요. 미소가 참 고왔어요.

"저는 양반집 여자가 아니고 기생이에요. 이름은 혜원이에요. 나이는 열여섯 살이죠."

"기생? 기생이 뭔데 그렇게 아름다운 옷을 입고 있어요?"

"노래하고 춤추고 그림을 그리고 시도 지으면서 흥을 돋우는 일을 해요."

"그럼 사람들에게 잘 보이려고 아름다운 옷을 입은 거로군요."

"예. 예쁜 옷을 입어야 좋아하죠."

"저는 모나리자예요. 스물네 살이죠. 열여섯 살이면 제가 결혼한 나이네요. 참, 좋은 나이네요."

"저보다 여덟 살이나 언니시네요. 참 고우세요."

"호호. 고마워요. 그런데 기생은 참 어려운 일 같은데, 어쩌다가 기생이 되었어요?"

"아주 어렸을 때 부모님이 돌아가셔서 진짜 이름도 몰라요. 너무 배가 고파서 밥을 얻어 먹으려고 기방에 들어갔다가 잔심부름을 하면서 기방에서 살게 되었어요."

"어린 나이에 참 외롭고 힘들었겠어요."

하지만 혜원은 담담하게 말을 이었어요.

"그러다가 노래도 배우고

춤도 배우고 글도 배우고 그림도 배웠어요. 제게 춤은 재주가 있었는지 솜씨가 나날이 늘었어요. 그리고 유명한 기생이 되었어요. 춤추고 노래하는 건 쉬운 일이 아니지만 저는 사람들이 춤과 노래를 즐기면서 행복해하는 걸 좋아했어요. 보람을 느꼈죠."

"그럼, 신윤복인가 하는 그 남자는?"

"예. 특이하게 그분은 제 그림을 좋아하는 손님이었어요. 그분은 궁중의 도화원에서 그림을 그리던 화원이었대요. 도화원에서는 나라에서 시키는 그림을 그려야 하는데, 그분은 바람처럼 구름처럼 떠돌며 자유롭게 그리고 싶어서 도화원을 나왔다고 했어요."

"그런데 자유롭게 그림을 그리고자 한 그 사람이 왜 당신을 찾아다니는 거

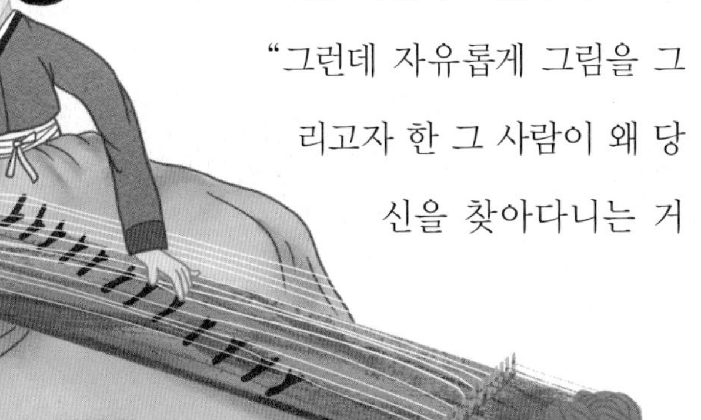

죠?"

"그러니까, 그분은 다른 사람들과 달리 오실 때마다 그림을 가르쳐 주셨지요. 그러다가 우리는 서로 좋아하게 돼 버렸어요."

"아름다운 사랑 이야기네요. 그런데 왜 헤어졌나요? 그 남자가 싫어졌나요?"

그 말에 혜원은 눈가에 이슬이 맺혔고 고개를 절레절레 저었어요. 모나리자는 말없이 기다렸어요.

"그분을 만날수록 제가 꼭두각시처럼 살고 있다는 생각이 들었어요. 다른 사람들을 위해 노래하고 춤추는 것이 진짜 내 생활이 아니라고 느껴졌어요. 그러다가 저도 그분처럼 자유롭게 저만의 길을 가야겠다고 결심했어요."

그 말을 듣는 순간 모나리자는 머리를 세게 맞은 듯한 기분이 들었어요.

'나는 루브르박물관에서 사람들이 나를 보러 오는 것을 즐기기만 했는데. 이 꼬마 아가씨는 자신의 길을 찾아 나섰구나.'

혜원은 모나리자가 다른 생각에 빠진 것을 눈치채고 잠시 말을 끊었어요.

"모나리자 님! 언니! 괜찮으세요?"

혜원이 부르는 소리에 모나리자는 정신을 차렸어요.

"미안해요. 잠시 딴 생각을……."

"괜찮아요. 그래서 그분 곁을 떠날 결심을 한 저는 그분에게 초상화를 그려 달라고 부탁했어요. 그분께는 제가 간직하고 싶다고 말했지만, 실은 초상화는 그분께 드리는 마지막 선물이었어요."

'그래서 그림 속 눈과 입에 슬픔이 묻어 있었구나…….'

딸꾹, 딸꾹.

딸꾹질 소리에 깜짝 놀란 모나리자가 혜원을 바라보니, 혜원은 울음이 나오는 것을 꾹 참다가 딸꾹질을 시작했어요.

"괜찮아요?"

"네, 딸꾹, 에, 네. 괜찮아, 딸꾹, 요."

연달아 나오는 딸꾹질에 두 사람은 배시시 웃음이 나왔어요.

"전 그분이 잠자는 동안 초상화를 그분 옆에 두고 집을 나왔어요. 이곳저곳 떠돌아다니다가 아주머니들의 수다 소리에 이끌려 여기에 왔을 때 누군가 급히 따라오는 듯한 기분이 들어서 가

지가 치렁치렁한 나무 뒤에 숨었던 거예요."

"그렇군요. 나이는 저보다 훨씬 어리지만, 용감한 아가씨네요. 만나서 기뻐요."

"어쩌다가 제 개인적인 이야기를 다 해 버렸어요. 처음부터 뭔가 통하는 걸 느껴서 그랬나 봐요."

"저도 느꼈어요. 그게 뭘까요? 그림의 주인공? 아니면 미인?"

"호호호."

"이제 혜원은 어디로 갈 건가요?"

"글쎄요. 어디로 갈지 아직 못 정했어요. 얽매이지 않고 다니면서 나의 길을 찾고 창조적인 일을 하면서 살고 싶어요."

"그래요. 꼭 자기만의 길을 찾기를 바라요."

"고마워요, 언니."

두 사람은 그대로 헤어지기가 아쉬워서 한참 동안 꼭 껴안았어요. 이윽고 기생 혜원은 신윤복이 간 길의 반대 방향으로 바삐 걸어갔어요. 모나리자의 눈에 비친 혜원의 발걸음이 가벼워 보였어요.

사유의 방에서 반가사유상을 만나다

혜원이 자신의 길을 찾아 떠나간 뒤 모나리자는 마음 한구석이 꽉 막힌 것처럼 답답해서 걷기 시작했어요. 가슴에 묻은 둘째 딸, 오랫동안 벽 속에 갇혔을 때 생긴 불안과 공포, 안갯속 같은 미래, 이 모든 것이 뒤죽박죽되어 머리를 무겁게 짓눌렀어요.

댕~~ 댕~~ 댕~~.

무거운 발걸음으로 걷고 있을 때 멀리서 종소리가 들려 왔어요. 남편 조콘도와 함께 듣던, 조토의 종탑에서 울려 퍼지던 종

소리 같았어요. 누군가 살며시 모나리자의 손을 잡았어요. 화들짝 놀란 모나리자가 고개를 돌려 옆을 보았어요. 남편이 미소를 지으며 서 있었어요. 남편 손은 따뜻했어요. 모나리자는 마음이 놓였어요. 남편은 모나리자보다 스무 살이나 더 많았지만 자상했고, 마치 아버지처럼 모나리자를 잘 대해 주었어요. 종소리가 끝나자 남편이 연기처럼 사라져 버리고 그 자리에 어떤 노인이 서 있었어요. 그 노인은 몸이 구부정하고 빼빼 말랐으며, 머리카락

도 없었어요. 또한 누더기 옷을 입고 자기보다 더 큰 지팡이를 짚었으며, 손에는 염주를 들고 깊은 생각에 잠긴 표정을 하고 있었어요. 노인의 생김새는 괴상했지만 모나리자는 두렵지 않았어요. 오히려 친근하게 느껴졌어요.

"누구시죠?"

"부처의 가르침을 찾아다니는 늙은 중이랍니다."

"부처가 뭔가요?"

"깨달은 사람이라는 말입니다."

"깨닫다니 무엇을 깨달았다는 말인가요?"

"그건, 괴로운 마음에서 벗어날 수 있는 길을 깨달았다는 말입니다."

그 말을 들은 모나리자는 솔깃해서 다시 물었어요.

"정말인가요? 괴로운 마음에서 벗어날 수 있는 방법이 있나요?"

"네. 누구나 그 길을 찾을 수 있습니다."

"할아버지는 찾았나요?"

"저는 스스로 깨닫기 위해 평생을 바쳤지만 아직 못 찾았습니다. 어쩌면 죽을 때까지 찾지 못할지도 모릅니다."

실망한 모나리자는 기운이 빠져 버렸어요.

"근심에 사로잡혀 있는 것 같은데, 너무 실망하지 마세요."

"네?"

"방법은 많이 있습니다."

모나리자는 노승에게 애원하며 매달렸어요.

"제발 좀 가르쳐 주세요. 저는 미소를 짓고 있긴 하지만 마음에 괴로움이 많답니다. 하루라도 빨리 괴로움에서 벗어나고 싶어요."

노승은 잔잔하게 대답했어요.

"동굴로 들어가세요."

"동굴요? 왜요?"

"동굴에는 깨우친 사람들이 있습니다. 많은 사람들이 동굴에서 깨우쳤습니다. 원효 대사도 동굴에서 해골에 담긴 물을 마시고 깨우쳤지요."

"동굴이 어디 있는데요?"

"저기 있습니다."

노승이 손을 들어 가리킨 곳에 아까까지도 보이지 않던 동굴이 나타났어요.

"동굴로 들어가서 무엇을 하면 되나요?"

"들어가 보면 알게 될 겁니다. 그 동굴은 사유의 방이니까."

모나리자는 무엇에 이끌리듯 동굴을 향해 갔어요. 동굴 안에 발을 들이자 사방이 컴컴해졌어요. 아무것도 보이지 않았어요. 모나리자는 천천히 통로 안으로 걸어 들어갔어요. 어둠 속에서 파도가 넘실댔어요. 파도는 철썩 밀려왔다가 쏴아 바다 멀리 돌아나가기를 반복했어요. "그래, 경포 바다야!" 사방이 어두웠지만 경포 바다에서 느꼈던 바로 그 파도였어요. 모나리자는 짙푸르고 드넓은 경포 바다를 머리에 떠올리니 기쁜 마음이 들었어요. 하지만 곧 바닷물이 수증기로 변해 하늘로 올라가더니 눈이 되어 내리고, 다시 바닷물이 되었어요. 변화는 점점 빨라졌어요. 그런 변화 속에서 모나리자는 머리가 혼란스러웠어요. 다행히 어둠 속 멀리 등대가 보였어요. 모나리자는 등댓불에 힘입어 동굴 끝을 향해 걸어갔어요. 동굴 끝은 막다른 길이었고, 거기서 오른편으로 새로운 길이 나 있었어요. 동굴 끝에서 오른쪽으로 돌자

계피 향이 은은히 퍼져 있는 고요한 세계가 펼쳐졌어요. 머리 위 밤하늘에 별이 반짝였고, 사방에 어둠이 깔려 있었어요. 은은한 붉은 빛이 하늘과 땅을 가르고 있었고, 그 한가운데에 두 사람이 은은한 빛을 받고 앉아 있었어요.

'누굴까?'

두 사람은 약간 높은 자리에 걸터앉아 오른발을 왼쪽 무릎 위에 가볍게 올리고, 오른쪽 손가락을 뺨에 살짝 대고 있었어요. 그들은 무엇인가 깨달은 듯 눈을 가늘게 뜨고 입가에 옅은 미소를 머금고 있었어요.

"당신들은 누구세요?"

두 사람은 아무 대답도 하지 않았어요.

"사랑하는 딸이 왜 병으로 세상을 떠나야 했나요?"

이번에도 대답이 없었어요.

"어둠 속에 갇혀 지냈던 무서운 기억은 어떻게 지울 수 있나요?"

"어떻게 마음의 짐에서 벗어날 수 있나요?"

"앞으로 저는 무엇을 해야 하나요?"

두 사람은 모나리자를 보는 듯 안 보는 듯했어요. 모나리자는 두 사람이 전하는 분위기에 압도 당하는 느낌이었어요. 모나리자는 한참을 기다렸지만 아무 대답도 듣지 못했어요. 모나리자는 용기를 내어 말없이 두 사람을 바라보았어요. 고요함 속에서 눈과 눈이 마주쳤어요. 얼마나 지났을까?

반가사유상을 바라보는 모나리자의 마음에 파문이 일기 시작했어요. 모나리자 눈앞에 곁을 떠나간 딸이 나타났다 사라지고, 오랫동안 갇혔던 벽도 떠올랐다 사라졌어요. 남편도, 레오나르도 다빈치도, 종탑도, 대성당도, 피렌체의 산도 강도 포도밭도 나타났다가 사라졌어요. 또 김정희 할아버지도, 신사임당 언니도, 혜원 동생도 떠올랐다 사라졌어요. 마음 깊은 곳에서 슬픔이 북받치고, 파도가 몰려와 슬픔을 휩쓸고 내려갔어요. 그리고 기쁨 노여움 슬픔 즐거움 사랑 미움 욕심 같은 감정들이 성난 파도처럼 밀려왔다가 빠져나가고, 그 자리에 고독과 허무가 밀려왔어요. 모나리자는 더 이상 두 사람의 눈을 볼 수 없어서 시선을 아래로 떨구었는데 어린애가 발가락 장난을 치듯 뒤로 살짝 구부러진 엄지발가락이 모나리자의 두 눈에 들어왔어요. 그 순간 모나리자

얼굴에 평화로운 미소가 번졌어요. 모나리자는 구부린 발가락에서 희망을 느꼈어요. 이제 깨달은 두 사람도 사라졌어요. 공간도 사라지고, 시간도 사라지고, 마지막으로 모나리자도 사라져 버렸어요.

새벽 6시. 밤새 박물관 안을 수색한 경비원들이 경비 대장 앞에 모였어요.

"결국 아무것도 못 찾았나?"

"넷! 샅샅이 뒤졌으나 수상한 사람은 없었습니다."

"그럼, 간밤에 뒤쫓았던 것은 뭐야?"

"사흘간 쉬지 못하고 경비하느라, 헛것을 본 것 같습니다."

"흠, 이상한 것은 아무것도 없다는 거지?"

"넷! 다만……."

"다만이라니?"

"사유의 방 오른쪽 반가사유상 아래 바닥에서 수선화 한 송이를 발견했습니다."

"수선화가 어떻게 그곳에?"

"어제저녁에 관람객이 떨어뜨리고 간 것이 아닐까 생각합니다.”

“과연 이대로 개관해도 되는 걸까? 더 조사해 봐야 하지 않을까?”

경비 대장은 쉽게 결정을 내리지 못했어요.

"대장님, 오늘도 벌써부터 정문 앞에 엄청나게 많은 사람들이 기다리고 있습니다. 제시간에 개관하지 않으면 사람들이 크게 실망하고 언론도 난리를 피우지 않을까요? 국제적 망신이기도 하고요."

국제적 망신이라는 말에 결국 경비 대장이 결단을 내렸어요.

"국제적으로 망신을 당하면 안 되지. 좋아, 아침 10시에 정상적으로 개관한다. 어젯밤에 일어난 일은 우리만의 비밀로, 알겠지?"

"넷!"

경비원들은 우렁찬 목소리로 대답했어요. 그렇게 간밤에 벌어졌던 수색 소동은 끝이 났어요.

아침 10시. 박물관이 문을 열자 새벽부터 기다리던 사람들이 입장했어요. 그들은 곧장 〈모나리자〉가 있는 특별 전시실로 향했어요. 금세 전시실은 관람객들로 북적북적했어요. 모두가 세계적인 명화 〈모나리자〉를 보면서 행복해했어요. 그때 한 아이가 엄마한테 말했어요.

"엄마, 〈모나리자〉가 좀 이상해요!"

"뭐가 이상해?"

"여기 책에 있는 얼굴과 조금 달라요."

"그럴 리가 없어. 이건 진짜 〈모나리자〉 그림이거든. 책에 사진이 좀 잘못 나왔나?"

"아니라니까요. 이것 좀 보세요."

아이가 안내 책자를 보여 주자 엄마는 〈모나리자〉와 비교해 보았어요.

"그래, 조금 다르긴 다른데, 뭔지 모르겠네."

옆에 있던 남자가 엄마와 아이가 하는 대화를 듣고 물었어요.

"왜 그러세요?"

"모나리자가 좀 달라 보여서요. 그런데 뭐가 달라졌는지 모르겠어요."

"모나리자가 달라졌다니, 말도 안 돼요."

"뭐가 말이 안 된다는 말씀이세요? 이것 좀 보시라고요."

주위 사람들도 엄마의 말에 흥미를 느꼈어요. 그리고 각자 자기 의견을 얘기하느라고 웅성웅성댔어요. 하지만 누구도 〈모나리자〉가 변했는지, 변하지 않았는지 뾰족한 결론을 내리지 못했어요.

"설마."

"말도 안 돼."

"뭔가 변한 것 같긴 한데 뭔지 모르겠어요."

"그러고 보니까 변한 것 같긴 해요."

"어디가 변했다는 거요?"

"난 어제도 왔는데, 분명히 뭔가 어제와 달라졌어요."

"모나리자의 미소가 어제보다 더 평화로워 보이잖아요?"

"그런 것 같기도 하고, 아닌 것 같기도 하고."

"왜 그렇게 보일까요?"

"변한 거 같기도 하고, 안 변한 거 같기도 하고. 그래서 이게 명화인 거죠. 하하하."

"난 〈모나리자〉를 보러 루브르박물관에 열 번도 더 갔었거든요. 그래서 잘 알아요. 눈곱만큼도 달라진 게 없다고요."

"난 〈모나리자〉로 박사 논문을 쓰고, 대학에서 학생들을 가르치는 교수입니다. 지금 저 미소는 원래 미소와 달라요. 석가모니

의 해탈한 미소를 닮았다고 할까요?"

"어떻게 그림이 변할 수가 있단 말이오? 저것이 가짜란 말이오?"

전시실에 '가짜'라는 말이 울려 퍼지자 모두 놀라서 입을 다물었고 그 순간 전시실은 쥐 죽은 듯 고요해졌어요. 그리고 곧 술렁거렸어요.

"가짜라고?"

"가짜라는데?"

"정말 가짜야?"

"모나리자가 가짜래!"

전시실이 소란해졌다는 보고를 받고 황급히 전시실로 달려온 경비 대장은 간밤에 그림이 바꿔치기라도 된 게 아닐까 걱정하며 진땀을 흘렸어요. 하지만 관객들 앞으로 나가서 힘을 주어 말했어요.

"아, 여러분! 저희가 밤새도록 철통같이 〈모나리자〉를 지켰습니다. 모두 잠도 못 자고 지켰어요. 모나리자가 사라졌다가 나타난 일은 결코 없었습니다. 저를 믿어 주세요!"

"앗, 그럼 모나리자가 사라졌다가 나타났나요?"

"아, 아닙니다. 그, 그런 이, 일은 없 없 없, 없었습니다."

식은땀을 흘리며 말을 더듬는 경비 대장을 안타까운 눈으로 지켜보던 미대 교수가 나섰어요.

"그러니까 제 말은 그게, 가짜가 아니란 겁니다."

"원래 미소와 다르다면서요? 그게 저 그림이 가짜라는 말 아닌가요?"

"에, 그러니까, 아, 그림은 이렇게 보면 같아 보이기도 하고 저렇게 보면 달라 보이기도 하는 거죠. 마음으로도 보는 거니까요. 하하하."

"그럼, 저게 진짜요, 가짜요?"

"진짭니다."

"다르다면서요?"

"가짭니다."

"가짜라고요? 그럼 큰일이군요!"

"아, 아니, 진짭니다."

갈팡질팡하는 미대 교수의 등줄기에도 식은땀이 주루룩 흘러

내렸어요.

그림 속 모나리자는 평화로운 미소를 띤 얼굴로 이 모든 일을 조용히 보고 있었어요. 그림 아래 감춰진 모나리자의 오른쪽 엄지발가락이 뒤로 살짝 구부러져 있는 것은 아무도 몰랐어요.

그림 출처

16쪽 레오나르도 다빈치 〈모나리자〉 한국저작권위원회
32~33쪽 김정희 〈세한도〉 한국저작권위원회
50쪽 신사임당 〈묵포도도〉 한국저작권위원회
56쪽 신사임당 〈초충도_양귀비와 도마뱀〉 한국데이터베이스산업진흥원
57쪽 신사임당 〈초충도_가지와 방아깨비〉 한국데이터베이스산업진흥원
60쪽 신사임당 〈갈대와 물새〉 오죽헌·시립박물관
77쪽 김홍도 〈풍속화첩_빨래터〉 한국데이터베이스산업진흥원
80쪽 신윤복 〈미인도〉 간송미술문화재단
91쪽 윤두서 〈노승도〉 국립중앙박물관

|작가의 말|

새로운 이야기를 만들어 보세요

세계적으로 유명한 그림 〈모나리자〉를 모르는 어린이는 없겠죠? 책에도 많이 나오고, 텔레비전에도 많이 나오니까요. 프랑스 루브르 박물관에 가서 직접 〈모나리자〉를 본 어린이도 있을 거예요. 그림에 좀 더 흥미가 있는 어린이라면 추사 김정희가 그린 〈세한도〉, 이이의 어머니인 신사임당이 그린 〈포도〉, 〈초충도〉, 〈물새〉, 신윤복이 그린 〈미인도〉, 삼국시대에 만들어진 〈반가사유상〉을 알겠죠? 우리나라에서 아주 유명한 작품이니까요.

이들 작품에 대해서 인터넷 검색을 하면 정보가 많이 나오죠. 누가 그렸는지, 화가는 어떤 삶을 살았는지, 화가가 그린 다른 작품은 무엇이 있는지, 그림에 어떤 사연이 담겨 있는지, 그림을 그린 시대는

어떤 시대였는지 등 많은 정보를 얻을 수 있어요. 하지만 그런 정보를 읽다 보면 무언가 심심한 느낌을 지울 수 없어요.

그림을 감상하고, 정보를 읽는 것보다 더욱 재미난 일은 이야기들을 엮어서 새로운 이야기를 창조하는 것이에요. 나는 "모나리자가 한국의 국립중앙박물관에 오면 어떤 일이 벌어질까?" 하는 생각을 시작으로 우리나라의 미술 작품들에 담긴 이야기를 엮어서 <모나리자의 발가락>을 창조했어요. 아마 <모나리자>를 보면서 모나리자에게 아픔이 있을 거라고 생각한 사람은 거의 없을 거예요. <모나리자>를 보면 아름다운 미소를 먼저 떠올리게 마련이죠. 하지만 모나리자는 둘째 아이를 잃은 비극을 겪었어요. <세한도>에는 추사 김정희의 아

픔이 담겨 있고, 친정이 있는 강릉을 떠나 멀고 먼 서울로 이사해야
하는 신사임당은 늙으신 어머니가 걱정입니다. 〈미인도〉의 기생이
화가 신윤복의 애인이라는 명확한 근거는 없지만, 기생을 통해 더 자
유로운 그림을 그리고자 했던 신윤복의 마음을 그려 보았어요. 그리
고 아름답고 신비한 반가사유상의 평화로운 미소에서 모나리자가 더
욱 아름다운 미소를 배우게 된다는 이야기를 만들어 냈어요.

어린이 여러분도 이야기를 읽고 보는 데에 그치지 말고, 상상력을 발
휘해서 〈흥부와 놀부〉와 〈의좋은 형제〉를 엮고, 〈홍길동〉과 〈일지
매〉를 엮고, 〈심청전〉과 〈춘향전〉을 엮고, 〈인어공주〉와 〈백설공
주〉를 엮어서 새롭고 흥미진진한 이야기를 만들어 보세요. 꾸준히 새

로운 이야기를 만들다 보면 어린이 여러분은 어느새 멋진 어린이 작가가 되어 있을 거예요.

최진우

글 • 최진우
서울대학교 심리학과를 졸업했습니다. 웅진씽크빅에서 《21세기 웅진학습백과》 등 많은 책을 만들었습니다. 지금은 어린이들을 위한 글을 쓰고 있습니다.
동화책 《딩동! 식품은행입니다!》, 《백구야, 너를 믿고 달려 봐!》, 《광릉숲의 비밀》, 《도와줘요, 쓰퍼맨!》, 《지구를 기억해!》, 《홍도와 친구들의 모험》, 《환경돌과 탄소 제로의 꿈을》을, 그림책 《사월이》, 《오이잉?》을 썼습니다.

그림 • 김현경
동양화를 전공하고 미술교육으로 석사학위를 받았습니다. (주)바른손의 일러스트레이터로 수년간 근무하고 미국과 한국의 어린이들에게 미술을 가르쳐 왔습니다.
그림을 그린 동화로 《금시계》가 있습니다.